www.ingramcontent.com/pod-product-compliance
Lightning Source LLC
LaVergne TN
LVHW051512170726
843492LV00002B/890

أنفاس الزعتر والزيتون

فصحى للنشر والتوزيع
والترجمة

Email: Darfosha@gmail.com

01061318637
01095250242

❋ الكتاب: أنفاس الزعتر والزيتون

❋ الكاتب: ياسمين الصادق

❋ مراجعة لغوية: كيان محمد

❋ تصميم الغلاف: مني الموجي

❋ إخراج داخلي: د. شيماء محمد

❋ رقم الإيداع: 16599 / 2022

❋ الترقيم الدولي: 9-0702-0497-8-978

مجموعة قصصية

أنفاس الزعتر والزيتون

ياسمين الصادق

الإهداء

«أهدي إلى كل قارئ واعٍ يقدّر قيمة الكلمة ويبحث فيها عن المعنى، قطعًا من قلبي وبعضًا من روحي.».

"أنفاس الزعتر والزيتون."

من قلب شارعنا القديم، حيث تعانقت الحكايات مع حجارة البيوت العتيقة، تنبض الحياة بأنفاس جديدة على أرض مدينة كانت قبل عامين مجرد ذكرى مؤلمة في ذاكرة التاريخ، وبينما يحمل النسيم العليل عطرًا منعشًا، مزيجًا من رائحة الخبز الطازج المنبعث من الأفران الطينية وعبق أشجار الزيتون القليلة المتبقية لتزيّن أرضنا، تتسلل خيوط الشمس بحذر عبر ما أُعيد للحياة من أزقة مظلمة، متعمدة إزالة ظلال الحرب الداكنة، والحق أن عودة الحياة لم تكن سهلة، لما تركته الحرب من ندوبها على كل شبر من أرضنا وعلى وجوه أهلنا، لكن بعزيمة لا تلين وإصرار أقوى من الفولاذ، شرع أهل المدينة بإعادة ما دمرته الحرب، فنفضوا عنها تراب الخراب، وتنفست الطبيعة أنفاسها العذبة مرة أخرى، واستنشق الناس هواءً عذبًا كانوا قد فقدوه منذ زمن بعيد، صحيح أن آثار الحرب ما زالت ماثلة في كل زاوية، لكن عزيمة أصحاب الأرض أقوى.

في مشهد بطولي رائع لن تجده إلا في "غزه"، تجد الحاج "أبو طعيمة"، ذاك الرجل العجوز الذي حسبناه فقد الأمل قبل التحرير وبعد أن فقد ابنه "تيسير" الشهيد الساجد، الذي قصفته قوات الاحتلال وهو يجري مبتعدًا عن دبابة قد أضرم النار في أرجائها، فبكيناه حتى احترقت قلوبنا وابيضت من الحزن، عين أبيه، الواقف الآن يمسح قطرات العرق عن جبينه المتجعد، بينما يشارك شباب

المدينة في إصلاح سقف منزله المدمر، وتزهر في عينيه بارقة الأمل، وعلى شفتيه ابتسامة تخبّئ وراءها قصصًا من صبر وجلد، وترى مع أولئك الشباب الملتفين حول الحاج "أبو طعيمة" شابًا يُدعى "عابد"، الذي برز كشمس تشرق من بين الركام، شاب في مقتبل العمر، لم تطفئ نيران الحرب بريق عينيه، ولا قسوة ما عاناه روحه الطموحة. "عابد"، الذي فتكت بأسرته الحرب في ليلة من ليالي القصف المظلمة، حيث هُدم فيها منزلهم الكبير ومتجرهم على رؤوسهم، ففقد حينها والدته وشقيقيه، ولم يجد من أشلاء أسرته إلا جثمان أخيه "خالد" مبتور الرأس، دفنه وأبوه بحرقة وأسى، تاركين دموعهما تروي الأرض، وقلبيهما يهيمان على جمر الفقد وغصة في قلبيهما لعجزهما عن منح ذويهما ميتة كاملة. يحكي "عابد" للحاج "أبو طعيمة" وشباب القرية قائلًا: «وأنا رايح لعند أبوي، قلبي كان عم يطق من الفرحة؛ لأني لقيت رأس خويّي المقطوع بعد ما دورنا عليه عشرة أيام بالتمام، والله فرحت، فرحت؛ لأنه خالد هلأ راح يرتاح في قبره، وكنت مبسوط؛ لأني أنا وأبوي رح نزعل عليه زي ما لازم نزعل، رح نقدر نبكي على روح الروح خالد بعد ما ريحناه في قبره، قضينا هالليلة هادي بالنا ومرتاحين، وبعدين طلع أبوي الصبح يدور على ميّه؛ فاتصاوب.»

يسكت "عابد" بعد أن اختنق صوته بالبكاء، ويسود الصمت، لحظات، وتختلط المشاعر وتمتلئ العيون بالدموع، ينظر الحاج "أبو طعيمة" إلى "عابد" بعينين دامعتين، وترتسم على شفتيه ابتسامة حزينة، ويقول بصوته الهادئ الذي تخنقه العبرات: «يا ولدي، أقسى شيء على القلب أن يفقد الواحد حبايبه، بس احنا مؤمنون وموحدون، وربنا قال إنو مع الصابرين، كلنا عانينا في الحرب وصبرنا،

وأجرنا على الله، المهم عزيمتكم أنتو يا شباب إلي ضايلين، أنتو إلّي رح تقدروا تبنو بلادنا من جديد».

يتابع "أبو طعيمة" حديثه ملتفتًا إلى الشباب من حوله: «أنتو أثبتوا للعالم كله إنو أنتو أقوى من الحرب والدمار إلي صار والحين، رح تثبتوا إنو روح الأمل ما بتموت جواتكو، وإنو الحرب ما قدرت تسرق أحلامكو ولا أمانيكم، وقفتكوا سوا وإنتو تبنوا بيوتنا المدمرة وتعمروها، رسالة قوية للعالم إنو الحياة رح تنتصر، عيشوا بالأمل يا ولادي وما تخلو الألم يطفي شعلة الطموح الوالعة جوات قلوبكو».

يستمع الشباب إلى كلماته التي تلامس فيهم روح الأمل، وهم ممتلئون بالعزيمة والإصرار، ويرون في عينيه بريقًا لمستقبل مشرق، فيبدأون العمل من جديد بحماس وقوة، يسعون إلى تحويل شارعهم القديم إلى رمز للصمود والانتصار، لتصبح حكايتهم حكاية شعب قرر أن يصنع مستقبله بيده، وبنظرة يملؤها القوة والعزيمة، يقول "عابد" معلنًا عن قصة جديدة من الصمود والأمل: «يا عمي الحاج، بدي أتجوز».

ولِمَ لا؟ وهو الذي حمل حطام متجرهم المدمر على ظهره، وبدأ إعادة بنائه حجرًا حجرًا، ولوحةً لوحة، تاركًا بصمة إصراره على جدران المدينة، ومع كل طلعة شمس كان "عابد" يحمل خيط أمل جديد، يشارك شباب مدينته في إعمارها، يزرع بذور الخير في حقول اليأس، ويرسم لوحة مستقبل مشرق على أنقاض الماضي، لم يبقى له سوى زوجة يسكن إليها، وتهب له من روحه أبناء يجبرون كسرها على من فقد، خطرت على بال العجوز خاطرة، فانتظر حتى غادر

الشباب المكان، وبخطوة ثابتة ونظرة حكيمة، اقترب من "عابد" قائلًا: «والله يا ولدي أنا بشوف فيك شاب مجدّي، وابن صالح، وزوج مخلص، وأب حنون، وأنت عارف إنو "حليمة" أرملة ابني تيسير وبنته "عزة" ما إلهم حد بهالدنيا غير هالعجوز إلي واقف قدامك وعمره تخطى السبعين، فكر في الزواج من "حليمة" يا ولدي وما ترد علي الحين، خد وقتك ورد براحتك.»

ينصرف "عابد" بابتسامة خجولة، ويذهب إلى منزله غارقًا في أفكاره، يدرك أن الطفلة الصغيرة تشتاق لأب يسد الفراغ الذي تركه والدها، ويشعر بتعاطف عميق نحو "حليمة" التي عانت الكثير في الحرب، وتبرز أمامه عيناها اللتان كان يرى فيهما حزنًا عميقًا كلما مر بها وهي تعتني بالقليل النادر المتبقي من أشجار الزعتر والزيتون، كانت "حليمة" مع كل شروق شمس تحمل أدواتها الزراعية البسيطة، وتجول في حديقتها الصغيرة، ترعى أشجارها برقة وحب، كأنهم أطفال صغار، كانت تعرف كل شجرة ونبتة بالاسم، تحدثها وتفهم لغة أوراقها، تعرفهم جيدًا وتفهم متى يحتاجون إلى الماء والغذاء، فتروي جذورها وتتلمس أوراقها، وتحدثها بلغة قلبها الذي وجد السلام في الطبيعة، ورغم الأحزان التي مرت بها، كانت ترى الجمال في كل ورقة شجر، فكانت تزرع بحب وأمل وتنتظر موسمًا جديدًا من السعادة يعيد للحياة ألوانها الزاهية، ولقلبها نبضًا مفعمًا بالحب والفرح.

ومع بزوغ فجر جديد، وبعد أن قضى "عابد" ليلة بلا نوم يفكر في قراره، هو الآن ذاهب إلى الحاج "أبو طعيمة" ليخبره برغبته في الزواج من "حليمة".

يبتسم الحاج ويقول: «أنت شاب نبيل يا ولدي، وأنا عارف إنو راح تكون نعم الزوج والأب الحنون، بارك الله فيك يا بني، هلأ راح أروح أخد رأي صاحبة

الشأن؛ لأنها هي صاحبة القرار، ورأيها مهم متل رأيك يا ولدي، ضلك هون وراح أرجعلك بعد شوي.»

تجلس "حليمة" في حديقتها الصغيرة تستمع إلى ألحان أشجارها الشجية، يقترب منها الحاج "أبو طعيمة" ويعرض عليها الأمر، فترد بخجل بصوتها الرقيق الهادئ: «يا عمي الحاج، أنا بترك الموضوع إلك، إلي أنت بتشوفو هو إلي بيصير، إنت أبوي وأنا برضى بإلي بتختاره إلي.»

وكانت عيناها تتحدثان عن مشاعرها، يذهب الحاج مسرعًا، فرحًا، إلى "عابد"، يهنئه بالقبول، وينادي حفيدته "عزة"، يستقبلها "عابد" بحضن دافئ حنون، ويخرجون سويًا لنشر خبر الزواج في المدينة، ويفرح بالخبر كل من سمعه، فتعم الفرحة أرجاء المدينة، حتى "سارة"، السيدة اليهودية الوحيدة التي بقيت في المدينة، تنضم إلى الاحتفالات.

"سارة"، الأسيرة اليهودية التي رفضت العودة إلى وطنها بعد انتهاء الحرب، واختارت البقاء في غزة لما وجدته في أهل المدينة من كرم وطيبة لم تشهدهما من قبل، قررت أن تعيش في أمان المدينة وكنف أهلها، فرحت "سارة" بخبر زواج "حليمة"، التي اتخذتها صديقة مقربة تشاركها أحزانها وأفراحها.

يقيم أهل المدينة احتفالًا بين الحدائق الخضراء التي نبتت بين ركام المدينة، بجانب الزهور التي أينعت حيث كانت القنابل يومًا ما تتفجر، ورغم أن الحفل بدا متواضعًا، إلا أن السعادة كانت تملأ القلوب، ترتدي العروس فستانها الأبيض الأنيق رغم بساطته، فتبدو جميلة ورقيقة، أما "عابد"، فيبدو وسيمًا في تلك البدلة

الداكنة، وعيناه تتألقان بالسعادة، "وعزة" بجانبهما، ترتدي فستانًا مطابقًا لفستان والدتها، وتنظر إليهما بابتسامة واسعة يملؤها السلام والأمل.

﴿وَبَشِّرِ الصَّابِرِينَ﴾

"مفيد ابن النيل"

{بما كسبت أيدي الناس}

على ضفاف النيل العظيم، حيث تتراقص الأمواج على إيقاع لحن الحياة، منذ نعومة أظافري، وُلد فيّ حب عميق للماء، حكايتي هي حكاية عشق أبدي مع نهر خلّدته الحضارة، وخلّد هو بدوره أجيالًا من العاشقين، كنت وما زلت أقضي ساعات طويلة أراقب تلك المخلوقات النهرية وهي تسبح بحرية بين ضفتي المجرى، أنظر إليها بعجب وإعجاب، كأنها لوحات فنية رسمتها يد فنان مبدع، ومن حسن حظي أن أبي العظيم، ذو الأخلاق النبيلة، كان يملك مزرعة للاستزراع السمكي، فكانت ملجأي وملعب طفولتي، أراقب الأسماك وأشعر بحب لا يوصف، شعور غامر يملأ كياني، يدفعني للتحدث معها بلغة قلبية صافية، لا يفهمها سوى أهل العشق، أناديها بأسمائها، أحادثها عن أحلامي وطموحاتي، أشاركها أفراحي وأحزاني، فهي أصدقائي، ورفاقي، وعائلتي.

على ضفاف النيل وُلدت، وتفتحت عيناي على جمال الحياة وسحرها، ووجدت ذاتي وكتبت حكاياتي، استمرت أيام سعادتي بين مزرعتنا وشاطئ النيل، إلى أن ابتُليت بكابوس مفاجئ هزني واغتال جنة أسماكي، كان ذلك ذات يوم، وأنا أجلس أمام الأحواض المائية الخاصة بالحضّانة، مستمتعًا ومتأملًا لرحلة الحياة، حيث وُلد من رحم الأمواج نور، بيضة تحمل في طياتها وعدًا بالحياة، تطفو على سطح الماء، تنتظر لمسة الحنان من أشعة الشمس الدافئة، تنبض بداخلها

روح عتيدة، تهمس أنشودة الوجود، تشققت القشرة، وتطل منها كائنات صغيرة، هي الفراخ، شرارات الحياة تتراقص على صفحة الماء، عيون بريئة تتلمس نور الشمس، وأجسام ضعيفة تبحث عن الأمان، أعشق الجلوس أمام هذه الأحواض، أشاهد الفراخ التي تُرعى بحنان وعناية، وتُغذى بعلف غني، وتُحاط بمتطلبات النمو، هنا تنمو الفراخ يومًا بعد يوم، لتصبح "الاصبعيات"، وتبدأ مرحلة جديدة في عمرها في أحواض التسمين الأوسع والأكبر، لتستمر في النمو، تتغذى على أعلاف متنوعة، وتتعرض لتحديات، وتتعلم مهارات تعينها على الحياة، فتتحول بمرور الوقت إلى أسماك ناضجة، قادرة على العيش في بيئتها، تتكاثر وتنجب أجيالًا جديدة، وتساهم في دورة الحياة.

بينما أنا أهيم متأملًا لتلك الرحلة العظيمة، وجدت شيئًا غريبًا لم أكن أعهده من قبل، كان العاملون بالمزرعة يلقون كميات كبيرة من أعلاف ذات رائحة عفنة، لم أكن أعلم تحديدًا ما هذا النوع من الأعلاف، اتجهت يومها إلى مستودعات الأعلاف الخاصة بالمزرعة، التي عهدتها خزائن للعطاء شامخة، حاملة في طياتها قوت الحياة لأسماكنا الطيبة، كانت خزائن سحرية تخفي في بطنها كنوزًا من الأعلاف المغذية، تساهم في نمو الأسماك وازدهارها، مصممة بحكمة ودقة، تتسع لكافة احتياجات المزرعة من الأعلاف دون نقص أو إفراط، تتمتع بتهوية جيدة، تحافظ على جودة الأعلاف وتمنع تلفها.

بخطوات فضولية هائمة في دهاليز المستودعات، شعرت بالاشمئزاز والنفور من رائحة نفاذة تغزو أنفي، وجدت نفسي أمام أكوام هائلة من علف غريب الشكل لم أرى مثيله من قبل، فسألت أحد العاملين عنه فقال: "دي سبلة."

انصرفت وانتظرت حتى المساء للقاء أبي، وجلست معه تحت ضوء القمر المنعكس على صفحة النيل اللامعة، ونسمات النهر العليلة تُداعب وجوهنا، سألته بفضول طفولي وبراءة تسعى وراء الحقيقة: "إيه العلف الغريب إلي بيأكلوه للسمك دا يا بابا؟ دا ريحته تقرف، كنت هارجع منها."

نظر إلي والدي بحنان، وابتسامة عطوفة ترتسم على شفتيه وأجاب: "السبلة دي علفة زيادة بندخلها للسمك، ودي معروفة من زمان، كل المزارع حوالينا بيستخدموها علشان تغذي السمك فيكبر ويكتر."

شعرت بالارتياح لشرح والدي، لكن فضولي دفعني إلى البحث عن مَهية ذلك الغذاء، فغصت في أعماق شبكة الإنترنت بحثًا عن إجابات، بين نقرة على رابط وتصفح لصفحة، اكتشفت أن هذا العلف عبارة عن مخلفات وأحشاء الدجاج المتبقية من عملية الذبح والتنظيف في الأسواق التجارية، فضلات كريهة، مليئة بالبكتيريا والمواد الضارة، كان يتم التخلص منها بإلقائها في النيل دون أي اعتبار للنتائج الوخيمة، ثم تطور الأمر وأصبح أصحاب المزارع يستخدمونها لعلف الأسماك، بالرغم من أضرارها المروعة، تُلوث المياه تلوثًا هائلًا، تتحلل المخلفات العفنة وتطلق السموم في أحواض الأسماك والنهر أيضًا، مما يؤدي لنقص الأكسجين، وخلق بيئة سامة للكائنات المائية، شعرت بالغضب والحزن في آن واحد، كيف يمكن أن يحدث هذا لنهرنا الحبيب، وأسماكنا الأليفة القاطنة في مزرعتنا الحبيبة، وكيف لأبي صاحب الأخلاق والمُثل أن يقوم بتلك الجريمة؛ لذلك عزمت على أن أكون صوتًا للطبيعة، ونصيرًا للبيئة، مدافعًا عنها وحاميًا لها من جشع الإنسان وأكاذيبه، ساعدني عملي كصحفي ومعد لبرامج تلفزيونية

في ذلك، والحقيقة أني لم أستطع حتى مواجهة أبي وحثه على التوقف عن هذه الممارسة الضارة، فطلبت من أمي أن تجعل أبي يقرأ كل ما أكتبه في تحقيقاتي الصحفية والتلفزيونية، كنت أتعمد أن أرسل رسائلي بين السطور لأبي، أحاول جاهدًا أن أذكره في كتاباتي بكلمات جدي عن نقاء النيل وصفائه، وعن أسماكه المتنوعة وألوانها الزاهية، جدي الذي علمني وأبي حب النيل والأسماك، وأن الحب وحده لا يكفي، بل يجب أن يصاحبه الفعل والإصرار على حماية ما نحب.

ومع مرور الوقت، وبعد أن كان أصحاب المزارع يهاجمونني ويحاربونني حتى لا أغوص في تحقيقاتي، بدأت رسالتي تؤتي ثمارها، أدرك أبي وبعض من أصحاب المزارع خطورة علفهم المستحدث على الأسماك والبيئة وحتى على الإنسان نفسه، فقد كشفت الدراسات عن أن الأسماك التي تتغذى على هذه المخلفات الملوثة تحمل في أجسادها البكتيريا الضارة، وعندما يستهلكها الناس تنتقل إليهم الأمراض، وهذا تحديدًا ما جعل أبي يتوقف عن هذا الأذى، أما من تبقى من التجار أصحاب المزارع الذين لا يكترثون لأمر البيئة ولا يهتمون بصحة الإنسان، فقد رفض الناس شراء أسماكهم بعد أن أيقظت حملتي وعيهم، مما أضر بأصحاب المزارع ودفعهم إلى البحث عن بدائل أكثر أمانًا، فلم يستطيعوا المواصلة مع هذا الضغط الشعبي، وبعد أن أدركت قوة الوعي، كانت تلك حكايتي التي كتبتها لكم.

أنا مفيد، ابن النيل عاشق الماء والحياة.

"نبض البحر"

في ربوع أرض الكرم والأصالة، وعلى رمالها الذهبية، عاش شعب طيبة قلوبهم ومعلقة أرواحهم بالشراع، تتماوج أفئدتهم مع أمواج المحيط، فالبحر مصدر رزقهم وإلهامهم، وكأنه لهم أم حانية، يهبهم الغذاء من أسماكه، والإلهام من أمواجه الهادرة، والجمال من شعابه المرجانية، من بين أبناء هذه الأرض نشأ "عمران" شابًا حكيمًا، يحمل قلبًا واعيًا وروحًا شغوفة بحب الطبيعة، أدرك منذ نعومة أظفاره أن البحر ليس مجرد مصدر للرزق، بل كائن حي ينبض بالحياة، اعتاد عمران أن يجلس على الشاطئ يتأمل جمال البحر وسحره اللانهائي، يبوح له بأسراره ويصغي له ولأمواجه الهادئة، فكان الشاب صديقًا حميمًا للبحر، وصوته الذي يحمل رسائله إلى العالم، زادت صداقتهما بعد ذلك اليوم الذي أبصر فيه أقحوانة تتطلق من بين أشجار النخيل، لحنًا من الحرير يتراقص مع نسائم العصر. كانت الفتاة في جمالها الجذاب تشبه روعة الطبيعة نفسها، تتساب كالنهر الأسود، تغمر مفاتن الجسد عباءة لا تُظهر شيئًا سوى أناقة رصينة وهدوء عميق. تهادى خطواتها بثقة وأناقة، كغزالة رشيقة تنتقل بين الأشجار، تاركة وراءها أثرًا من الجمال والرقة، تخفي عيناها وراء حجاب من الحرير الأسود، لكن بريقهما ينعكس على روحها فيضفي عليها سحرًا خاصًا، سقط الفتى في شباك عينها كالفراشة التي تجذبها أنوار الفجر، فاتخذ من تتبع خطواتها دربًا للوصول إلى قلبها، وكظل يتبع صاحبه تبعها خلسة، يرقب كل كلمة وكل

حركة، وجدها مثل نسمة الهواء المنعشة التي تداعب أرواح النساء بنشاطها، تقودهن وتملأ حياتهن بالسلام والسعادة، يشاركنها حلمًا أخضر، حلم إحياء الأرض وبث الحياة في جسدها المنهك، وجدها كفراشة ترفرف حول زهرة جميلة، تعيد تأهيل الأراضي المجدبة وتغرس الأشجار في بقاع قاحلة، أدرك أن لقائهما لم يكن مصادفة، بل مكتوبًا بين ثنايا القدر، مثل قصة جميلة تنتظر أن تروى.

لما حان لقاء الشاب وصديقه البحر، ذهب إليه مسرعًا يحكي له قصة انجذابه للفتاة ونيته في الزواج بها، لكنه شعر بقلق عميق بعد أن سمع أنين البحر وصراخ كائناته البحرية تعاني من أفعال البشر، كان الشعب قد نسي بمرور الوقت احترام البحر وأرهقوه بممارساتهم الجائرة؛ استبدلوا شباكهم القديمة بشباك ضخمة جرفت الأسماك الصغيرة والكبيرة، تاركة البحر خاويًا، ألقوا بالنفايات في أحشائه، فغدت شواطئه قذرة ومياهه عكرة، لم يدرك الشعب الكريم عواقب أفعالهم، لم يدركوا أن أمواج البحر التي كانت تلطم شواطئهم هي دموع تتساقط حزنًا على دمار منذر، بدأت الأسماك تختفي، والشعاب المرجانية تذبل، والجمال يتلاشى، بدأ أهل الأرض يشعرون بالخوف والجوع.

بدأ عمران رحلته في البحث عن المعرفة والحكمة، يغوص في أعماق الكتب والروايات التي تتحدث عن البيئة البحرية وأهمية الحفاظ عليها، في كل نص يقرأه، يجد إجابات لتساؤلاته ويكتشف طرقًا جديدة لرؤية الذات بعين البيئة، أدرك أهمية تلك النصوص التي يقرأها، وجد فيها قوة تحويلية ألهمته تشجيع مجتمعه على تبني ممارسات أكثر استدامة، كانت تلك النصوص أداة لتوعية الناس وتثقيفهم، في كل خطاب ألقاه، كان يقتبس كلمات خالدة من روايات وأشعار

عن البحر، فأدرك أهل الأرض خطأهم وقرروا العودة إلى صيدهم القديم، وإلقاء نفاياتهم في أماكنها المخصصة، وزرع الشعاب المرجانية مرة أخرى، بدأت الأمواج تبتسم، وعادت الأسماك إلى الظهور، والشعاب المرجانية إلى النمو، وجد أهل الأرض في البحر مرآة لأنفسهم، وأدرك كل واحد منهم أن تلويث مياهه جرح لأنفسهم، بعد أن أصبحت كلمات عمران منارة للوعي، وألهمت الناس لتبني مبادرات خلاقة، بدأوا في إنشاء محميات بحرية لحماية الكائنات البحرية، وأعادوا إحياء تقاليد فنون تراثية تعبر عن عشقهم للبحر بطرق مستدامة.

وفي إحدى ليالي الفعاليات التي يجتمع فيها أهل الأرض للاحتفال والتوعية، أبصر عمران الفتاة التي أرقت أحلامه بنقائها، تشع جمالًا وجاذبية أكثر من القمر الذي يضيء سماء الليلة، قلبه يخفق بشدة، اقترب منها بخطوات مترددة وقال: "مساء البهاء."

همس عمران برقة وأدب: "لم أتوقع أن أراك هنا، يبدو أن للقدر حسابات خاصة." رفعت الفتاة عينيها بلون المحيط، وابتسمت ابتسامة خفيفة كشفت عن دفء روحها وقالت: "يبدو أن للقدر حسابات خاصة بنا، كنت أفكر فيك أيضًا."

اندهش عمران أنها كانت تعرفه، وهمست بصوت يشبه خرير المياه: "لطالما استمعت إلى حديثك مع البحر، فتمنيت لو أني أجلس معكما."

تحدثا لساعات تحت ضوء القمر، وكانت كلماتهما تخرج كموسيقى تعزف سيمفونية الحب، معبرة عن عواطف عميقة يكنها كل منهما للآخر. وبنظرة ثابتة في عين الفتاة، قال: "تزوجيني، وكوني لي رفيقة في رحلتي، ولنتشارك أسرار الأرض والبحر معًا."

بدت الدهشة على وجهها، تلتها ابتسامة الموافقة، فأصبحا من تلك اللحظة روحين متشابكتين، خلقا معًا عالمهما الخاص الذي تتلاشى فيه الحدود بين الطبيعة والحب.

"إرث البحر والصحراء."

{وَجَعَلْنَاكُمْ شُعُوبًا وَقَبَائِلَ لِتَعَارَفُوا}

في قلب الصحراء العربية الشاسعة، حيث تلتقي الكثبان الرملية الذهبية ببحر فيروزي متلألئ، تقع قرية "واحة الأمل" كأنها جنة خضراء وسط بحر من الرمال، عاش أهلها حياة بسيطة هادئة، يعتمدون على مياه الآبار العذبة وزراعة النخيل، ويستمدون رزقهم من رحلات الغوص بحثًا عن اللؤلؤ، وبين شعبها عاش فتى يدعى "راشد"، يحمل بين جنبيه قلبًا شجاعًا وعقلًا مفعمًا بالأحلام، كان الفتى يحب أن يجلس برفقة والده، ذو الحضور المهيب، شيخ القرية وسيدها، في ظلال تلك الشجرة الضخمة الشامخة التي تلامس أغصانها عنان السماء وجذورها ضاربة في أعماق الأرض، وتتكىء على أحضان البحر كأم حانية، كان يستمع بشغف إلى حكايات والده عن مغامراته في البحر، وعن تاريخ أجدادهم وشجاعتهم، وعن رؤيته وحلمه لقريته الفتية، كان الفتى يرى في عيني والده مستقبلًا مشرقًا، تلامس فيه ناطحات السحاب الغيوم، وتزدهر الصحراء القاحلة بالخضرة والحياة.

في رحلة عبر الزمن، يبحر الشيخ كل ليلة بولده راشد بين صفحات الماضي إلى محطات تاريخية فاصلة في حياته، لتضيء دروب القرية حكمات تُلهم وقصص تبني وحكايات تنسج خيوط المستقبل، كان يحكي له عن حكمته وقدرته في توحيد القبائل تحت راية واحدة، وعن بذور التسامح والتعايش التي زرعها،

فجعل القرية واحة للأمن والأمان، يقول: "وكأنها حبات اللؤلؤ المتناثرة في الصدف يا ولدي، كانت هاي القبائل، كل واحدة منها لها شيخها وعاداتها وتقاليدها، يوم هبت الرياح القوية وتهددت العواصف باقتلاع خيامنا، رفعنا راية الوحدة والتسامح، كان جدك يا ولدي حكيم، وعارف، وفاهم أن قوتنا في توحيد صفوفنا ونبذ الفرقة، جمع شيوخ القبائل تحت خيمة واحدة وأصبحنا إيد واحدة قوية."

أنصت راشد باهتمام، وعيناه الواسعتان تعكسان صور المشاهد التي يرسمها الشيخ بكلماته، وكان يتخيل نفسه هناك بينهم شاهدًا على لحظات شكلت حياته وحياة قريته، وتابع الشيخ سرده قائلًا: "واجهتنا تحديات كثيرة يا راشد، كانت الصحراء في بعض الأحيان قاسية، وما استسلمنا أبدًا، هذه الصحراء الشاسعة علمتنا معنى الكرم والجود، فكنا نتشارك ما لدينا مع المحتاجين والمسافرين. والبحر علمنا معنى الشجاعة، كنا نواجه أمواجه العاتية بصدر رحب وبصبر وبقوة، ونغوص في أعماقه من أجل الرزق."

تذكر الشيخ ذات مرة تلك اللؤلؤة الاستثنائية التي كان قد وجدها راشد في طفولته، فذكره بها، لم تكن تلك لؤلؤة عادية، بل كانت كبيرة بألوان مبهرة كقوس المطر الذي يظهر بعد عاصفة صيفية، تذكر راشد تلك اللحظة حين حملها لأول مرة بين راحتيه متأملًا جمالها الأخاذ، وشعوره بأن تلك اللؤلؤة لديها قصة ترويها، ذهب بها لوالده الذي أدرك حينها أن تلك اللؤلؤة ليست مجرد صدفة عابرة، بل تحمل سرًا غامضًا وسحرًا أخاذًا، وتذكر أيضًا كلمات والده حينها: "يا راشد، هذه اللؤلؤة ليست مجرد حجر جميل، هي أيضًا رمز لتراثنا وحاضرنا، بركة البحر

ونقاء الرمال، انعكاس لروح هذه الديرة المعطاءة، أجدادك -رحمهم الله- الذين غاصوا في البحر ليخرجوها، هذه اللؤلؤة يا ولدي، رمز للجمال والنقاء، تزين رقاب نسائنا، وتاج فخرنا وعزتنا وزينة رجالنا."

وبينما كان يتحدث الشيخ لراشد، كان يرى في عينيه بريقًا يشبه ضوء الفجر الذي يبشر بصباح جديد، فأنهى حديثه قائلًا: "لازم تتعلم من الماضي يا ولدي وتشوف المستقبل بعيون مفتوحة، العالم من حولنا يتغير، ولازم نتغير معه، لكن من دون أن نتلاشى."

لم يكن راشد يدرك مقصد والده وقتها بأن تلك اللؤلؤة هبة من البحر يجب الحفاظ عليها كرمز لتراث القرية، ومنذ أدرك الرسالة، أصبح راشد أكثر شغفًا بالبحر وبعالم اللؤلؤ الساحر وبقصص البحارة القدماء التي ظل والده يخبره إياها، كان يبحث في كتب التاريخ ليتعرف على المزيد، وكلما تعلم شيئًا جديدًا، ازداد حبه وتعلقه بوطنه وتاريخه العريق، أنار الشيخ درب راشد بمصباح التاريخ ونور الحكمة والإرشاد، ليصبح شابًا ذا عزيمة وقلب شجاع يواجه التحديات ويحقق الأحلام العظيمة، تعلم الفتى عن الإصرار والشجاعة والصبر والكرم التي ميزت أجداده، وعن التحديات التي واجهوها في الصحراء والبحر. استمر في رحلته عبر الزمن، راويًا ومستمعًا، متعلمًا ومعلمًا، حاملًا إرث الأجداد بكل فخر، ومستعدًا لصنع تاريخه الخاص.

"عناق."

{وَلَا تَعَاوَنُوا عَلَى الْإِثْمِ وَالْعُدْوَانِ}

في فجر يوم رقيق، حين تسللت خيوط الشمس الذهبية الأولى عبر أشجار الغابة الكثيفة وانعكست على أوراق الخريف الذابلة، جلست القطة "بوسي" وسط هذا المشهد الساحر، وكانت الأرض قد استبدلت ثوبها الأخضر الزاهي بحلة صفراء عاجية، معلنة استعدادها لعتمة الشتاء المقبل، وبينما تتأمل بوسي ذلك التحول البديع، انتبهت إلى صوت أنين حزين ينبعث من أعماق هاوية، اقتربت بوسي بحذر من حافة الهاوية، جذبها ذلك الأنين المشوب بالألم، وكان مصدره ياسمينة رقيقة غارقة في بحر من الدموع، ظنت سحابة رحيمة عابرة أنها ذابلة، فأمطرت، ومن فرط ما قد أمطرت، أغرقتها. مع كل قطرة مطر تغرق الياسمينة أكثر فأكثر، شعرت بوسي بتعاطف عميق مع حال تلك الزهرة الغارقة، فرغم اختلاف هيئتيهما إلا أنهما تشتركان في القدر نفسه، وكانت بوسي قطة رقيقة ولكنها توحشت بسبب ظروف حياتها الغريبة والاستثنائية، ولدت بوسي لتجد نفسها في غابة لأبوين غير عاديين؛ أسد هائل متزوج من نعامة لاجئة من صحاري الشرق الأوسط، فكانت بوسي الفريدة من نوعها ناتجة لهذا الزواج العجيب، كانت تتحدث بلغة لا يستطيع أحد في الغابة فهمها، حتى طريقة لعبها مع أقرانها كانت مختلفة، كلما اقتربوا منها نبشتهم بمخالبها تعبيرًا عن سعادتها، ولكنهم لم يستطيعوا فهمها فهرب جميع الأقران من اللعب معها.

ظلت تحاول جاهدة أن تتواصل مع من حولها، ولكنها لم تجد من يفهم طريقتها في التعبير ولغتها في التواصل، إلى أن ظهر في حياتها ثعبان يدعى "نعمان"، لم يكن يتحدث لغتها، ولم يكن لديه يدان ليتحدث معها بلغة الإشارة، لكنه كان يتقن لعبة الجسد التي تحبها بوسي وتلعبها معه ممتنة له وسعيدة به، كانت تشعر من خلال اللعب معه بوجودها، تشعر بكيانها وقلبها، تحب نفسها وتستمتع بكل لحظة معه، لكنه ظل يلتف بجسده حولها حتى كسر ضلعًا من أضلاعها، فأصبحت اللعبة الوحيدة التي تحبها مصدرًا لوجعها، شعرت بوسي القطة الرقيقة بالاختناق، ليس فقط لكسر نعمان ضلعها والتفافه بعنف حولها، ولكن لإدراكها أن ما ظننته فهمًا وتعاطفًا لم يكن سوى وهم آخر، فكانت وحيدة، مختلفة، وغريبة في عالم لا يستطيع فهمها؛ لذا أدركت أن ما تشعر به الياسمينة الآن هو ما شعرت به هي طوال حياتها، ألم عدم الفهم، وعذاب الوحدة، وضريبة أن تكون مختلفًا، وفي لحظة من الإلهام قررت بوسي أن تستخدم موهبتها الفريدة في النبش والتنقيب لإنقاذ الياسمينة التي تلفظ أنفاسها الأخيرة من غرقها، وبالفعل، بدأت بوسي في نبش الأرض حول الياسمينة، متحملة البرد القارس الذي تسلل إلى عظامها النحيلة، عملت بجهد ودأب حتى تمكنت من صنع قناة صغيرة ساعدت على تصريف الماء بعيدًا عن الياسمينة المسكينة، ومع كل خطوة كانت تشجع الياسمينة قائلة: "تمسكي بالأمل يا رفيقة الحظ العاثر، فغدًا تبدئين من جديد وسنملأ عبقًا هذه الغابة".

كانت تفكر وهي تعمل بجد لإنقاذها في تاريخ عائلتها غير العادي، وتفكر في جذورها وهي ابنة أسد عظيم ووريثة لعائلة عريقة، وإنها من نسل ملوك الشرق

الأوسط حيث الشمس الساطعة والرمال الذهبية، أدركت أن تراثها ودماءها الملكية تجري في عروقها، وأن لديها القوة والشجاعة لصنع فارق حقيقي، ليس فقط في حياة الياسمينة ولكن في عالمها أيضًا.

نجحت بوسي أخيرًا في تحرير الياسمينة من غرقها، ووسط دموع الفرح التفتت براعم الياسمين حول بوسي في عناق دافئ معبرة عن امتنانها العميق، لقد أنقذت بوسي حياة الياسمينة، وفي المقابل منحتها الياسمينة الأمل والهدف، ومنذ ذلك اليوم أصبحتا صديقتين حميمتين، وتعلمت بوسي كيف تستخدم موهبتها في النبش والتنقيب لمساعدة الآخرين، وأطلق عليها سكان الغابة لقب "منقذة الأزهار". أما الياسمينة؛ فتعافت وازدهرت من جديد.

"براءة مشومة."

بين ثنايا البراءة وقسوة الواقع نشأت فريدة في قريتها الهادئة، فأضاءت دروبها بابتسامتها المشرقة، تمتعت الفتاة بجمال فريد يعكس نقاء روحها، وعيناها الواسعتان تبرقان ببراءة الطفولة في وجهها، تشكلت طفولتها في كنف عائلة محبة، محاطة بحنان والدها ورعاية والدتها، ومحاطة بدفء إخوانها، شعرت بالحنان والحب في أحضان عائلتها غير مدركة للحقيقة المخفية عنها، اعتقدت فريدة أن "محمد إبراهيم" الاسم الذي يناديها به معلمها في الصف هو الاسم الحقيقي لوالدها، أما "السيد عبد الله" فهو مجرد لقب اشتهر به والدها في القرية، وهذا ما غرسته العائلة في مخيلتها لحمايتها من حقيقة أكثر تعقيدًا.

لم تكن حياة فريدة كلها وردية، بل تخللتها أشواك من المواقف القاسية التي تركت على صفحات قلبها ندوبًا عميقة لا يمكن للزمن أن يمحو آثارها، ظلت تلك الندوب محفورة على صفحات قلب فريدة كذكرى أليمة تطل برأسها كلما لامسها نسيم الماضي، من بين تلك الندوب، ندبة عميقة غائرة في أعماق روحها، تمثل أول صفعة مؤلمة تعرضت لها في التاسعة من عمرها، موقف هز كيانها الصغير وترك داخلها جرحًا غائرًا لم تستطع تفسيره ولا البوح به لأحد، ظلت تلك الندبة راقدة في أعماقها كجمرة خفيفة لا تنطفئ، حتى وجدت نفسها تواجه نفس المشاعر والأحاسيس عندما لمس راكب في القطار بيده مؤخرتها حين ذهابها للجامعة، هزت لمسته لها الخاطفة كالبرق كل كيانها، فلا مجال حتى لتفسير لمسته أنها عن طريق الخطأ، فأي خطأ الذي يجعله يغرس إصبعه

في موضع جلوسها؟! فكانت تلك اللمسة المقززة كالصاعقة هزت كيانها، وأعادت إليها ذكريات طفولتها المؤلمة حين ينام البيت، وتنام القرية، وتظل هي في فراشها باكية بحرقة موجعة؛ لأن من كانت تظنه عمها والذي يأتمنه والدها عليها كان أثناء لعبه معها يداعب جسدها الصغير بطريقة غريبة تشعرها بالخوف، لم تستطع فهم ما يحدث، لكنها أدركت أن هذا اللعب مؤذٍ يجعلها تبكي ويؤرق نومها.

ولما استنكرت واعتكفت عن لعب عمها وحتى اللعب مع الأطفال الذين في مثل عمرها لخوفها، لم تدرك أسرتها البسيطة أن هذا السلوك ناقوس خطر يعلن عن شيء مظلم كامن في نفسها، واقتنعت العائلة بكلام العم الذي يفتقد اللهو بها، أن الفتاة تمر بمرحلة كآبة بعد أن عرفت من صديقاتها في المدرسة قصة أمها التي ألقت بها في ملجأ القرية رضيعة، وكان هذا الخبر بالفعل أشد وطأة على قلبها ومن اللحظات المظلمة التي تخللت براءتها وتركتها في حيرة وألم، فلما اشتدت آلامها وبدأت تستيقظ على بركة ماء على سريرها لم تسلم من تنمر إخوانها، والتنمر أشد إيلامًا لقلبها، لذلك قررت ألا تخبر صديقات القطار عما حدث لها، وغادرت وهي تشعر بالعجز، ولكنها أدركت أن لمسات الراكب المقززة ولعب عمها بها في الصغر لم يكن أيًا منهم حادثًا منعزلًا، بل كان جزءًا من نمط متكرر في حياتها.   ﴿إِنَّ اللَّهَ عَلِيمٌ خَبِيرٌ﴾

"عنقاء دمشق."

{وَلَا تَيْأَسُوا مِن رَّوْحِ اللَّهِ إِنَّهُ لَا يَيْأَسُ مِن رَّوْحِ اللَّهِ إِلَّا الْقَوْمُ الْكَافِرُونَ}

وسط خيوط الفجر الأولى، استيقظت على ضوء خافت يتسلل عبر نافذتها، كان يومًا مثل أي يوم آخر تقضيه في تلك البلدة التي استقرت بها مؤخرًا، لكن شيئًا ما كان مختلفًا في هذا الصباح، شعور غامض بالأمل الذي يشوبه الشك وبعض من الخوف والقلق تسلل إلى قلبها، نهضت من فراشها وألقت نظرة على المرآة، فرأت وجهًا مألوفًا، لكنه بدا غريبًا بعض الشيء، كان وجهها، لكنه أصبح باهتًا وانطفأت في عينيها شعلة من التحدي كان قد أنارها والدها في قلبها.

"ريما"، الفتاة الدمشقية التي ولدت كشعاع من الأمل في عائلة تغمرها المحبة، فكانت كزهرة الربيع اليانعة قبل أن يذبل ربيعها من قسوة الحرب في وطنها، اضطرت أن تودع حياتها الدافئة المدللة وتحمل على كفها روح شعب مُهجر، مرغمة وعائلتها على الرحيل، حاملين حقائبهم المليئة بالخوف والوجع والأمل.

تنقلت العائلة من بلد إلى آخر، تبحث عن ملاذ آمن ومستقبل مشرق، وفي كل بلد واجهت تحديات جديدة، لغات ولهجات غريبة، عادات وثقافات مختلفة، نظرات متعاطفة وأخرى متجاهلة، مع كل محطة في رحلتهم كانت تجد نفسها في عالم جديد غريب الأطوار، وعندما استقرت العائلة في الجنوب التركي كانت اللغة في البداية عائقًا لها، وتبدو الكلمات لها كطلاسم غامضة تحتاج إلى فك شفرتها، فكانت كلما اشتكت لوالدها، يقبل كفها وبحضنه الدافئ يغمرها ويقول

لها: "يا ريمو يا عيوني، اللغة الجديدة هي مفتاحك لاكتشاف حياتك الجديدة، أنت جزء من نسيج هالأرض، متل ما الزهرة القوية جزء من الطبيعة، لازم تكوني قادرة على التكيف مع الظروف متل ما بتتكيف هي مع الفصول، هالعالم مليان عجايب وجمال يا بنتي، اتعلمي اللغة واكتشفي هالجمال لحالك".

فكان والدها هو الداعم الأول لها الذي علمها أن تتخطى الصعاب وتنظر إلى العالم من عدسة مختلفة، فتحولت الفتاة إلى زهرة قادرة على النمو في أي تربة، حولت التحديات إلى فرص واكتشفت الجمال في الاختلاف، ومع الوقت وجدت الفتاة صدى لروحها في صدى هذه الأرض، فتأقلمت وتعلمت، ومع كل كلمة جديدة كانت تفتح بابًا إلى فهم ثقافة وعادات وطنها الجديد.

كانت تحرص ريما عند دخول فصل الربيع الذي يبدأ فيه موسم المهرجانات المتعلقة بالطعام والمأكولات في تركيا، على الحضور للاستماع مع صديقاتها بالطقس الجميل والمرح تحت أشعة الشمس الدافئة، كانت ترى أنها طريقة رائعة للترحيب بالموسم الجديد، وتتذكر مهرجان الورد في دمشق الحبيبة وتتذكر احتفالاتهم حين تتفتح الزهور في حدائق منازلهم العتيقة، كانت تحكي لصديقاتها عن جمال بلادها الأسطوري وعن مدينتها التي يفوح منها عبق التاريخ.

كانت مستمتعة بكل أوقاتها، ويجذبها أن الفعاليات والأنشطة بجانب التذوق تعتني أيضًا بتعليم فنون ومهارات الطبخ والتعرف بكتب الطهي وأسراره الأكثر مبيعًا والمترجمة إلى لغات أجنبية، حضرت مع عائلتها وصديقاتها الكثير من المهرجانات، أحدها كان مهرجان الجبن في بودروم وانضمت لورشات عمل مجانية تعلمت فيها صنع جبن الموزاريلا من قبل خبراء الجبن الإيطاليين،

واستمتعت بالعرض الخاص بالأطباق التقليدية التي تُقدم في حفلات الزفاف التركية، وكانت تنضم في آخر أيام المهرجان لجولة في قرى المنطقة التي تعرضت لحرائق الغابات في الصيف.

فاكتشفت ثقافات غنية وأدركت أن العالم أوسع بكثير من دمشق، وكلما شعرت بالحنين إلى وطنها اندمجت أكثر في مجتمعها الجديد، وحملت معها ثقافتها وتاريخها متمسكة بحلم العودة إلى وطنها، غير متناسية لمعاناة شعبها، ابتكرت بمساعدة والدها مشروعًا ثقافيًا ومركزًا تأهيليًا يستهدف اللاجئين، ساهمت في مساعدة الآخرين، ممددة لهم يد العون ومخففة من آلامهم، وابتكرت روايات فريدة تجسد فيها حكايات اللاجئين، بكلماتها التي تلامس القلوب والممزوجة بالدموع والآمال، فكانت حكاياتها الملهمة شفاء لصدور الذين يعانون عبر الحدود، تحمل قصصها رسالة لهم وتقدم لهم الدعم المفقود وتلهمهم وتساعدهم على بناء حياة جديدة.

ولأن الرياح دائمًا ما تأتي بما لا تشتهيه السفن، وسط غمار الحياة المتقلبة وجدت الفتاة نفسها دون سابق إنذار في معركة جديدة لم تخترها، اقتلعت رياح القدر القاسية جذورها وتركتها في مهب الريح تتخبط، فقد فقدت كل ما كان عزيزًا لها، هي الوحيدة التي نجت بعد زلزال قوي مدمر، تركتها آثار الصدمة حائرة، غارقة في دوامة من الحزن والأسئلة التي لا جواب لها، فتحولت شعلة الأمل المضيئة في عينيها إلى آثار من الألم والدمار، جرح عميق خلفته الصدمة في نفسها، أخذ الموت منها أحبابها ودمر الزلزال منزلها، وفقدت كل سبل عيشها، لا أهل ولا مأوى، وشعور الصراع بداخلها، ساخطة على القدر ومؤمنة

به، غاضبة، تتمنى الموت وراغبة في الحياة، صراع بين الشك والخوف من المستقبل يؤرقها، أصبحت عاجزةٍ عن التخطيط، تحدٍّ شاق ومرهق لا تطيقه نفسها.

حاولت أن تقاوم كطائر جريح يحاول عبثًا أن يرتفع فوق آلامه، ووسط ظلام عالمها المخيف كان هناك صوت خافت يهمس إلى قلبها، صوت تعرفه وتألفه وتحبه، صوت والدها الذي كان دومًا مصدر قوتها: "يا ريمو يا عيوني، أنت أقوى من هيك، اتعلمتي كيف بدك تتأقلمي مع الظروف الصعبة، هلأ اجا وقتك لحتى تبدئي من أول وجديد".

وفي الزوايا الهادئة للمدينة التي هاجرت إليها هربًا من الدمار الذي خلفه الزلزال، بدأت تتفتح براعم الأمل بين ركام الماضي وبصيص نور من المستقبل، بدأت الحياة تنبض بأنفاس جديدة على أرض جديدة، ووسط خيوط الفجر الأولى، استيقظت على ضوء خافت يتسلل عبر نافذتها، كان يومًا مثل أي يوم آخر تقضيه في تلك المدينة التي استقرت بها، لكن شيئًا ما كان مختلفًا في هذا الصباح، شعور غامض بالأمل الذي يشوبه الشك وبعض من الخوف والقلق يتسلل إلى قلبها، نهضت من فراشها وألقت نظرة على المرآة، فرأت وجهًا مألوفًا، لكنه بدا غريبًا بعض الشيء، كان وجهها، ولكنه أصبح باهتًا وانطفأت في عينيها شعلة من التحدي كان قد أنارها والدها في قلبها، وتملكها عزم إعادة بناء ما دمرته الحروب والكوارث في روحها، مؤمنة بأن الغد سيكون مشرقًا.

"فارس النخبة."

{ثم سواه ونفخ فيه من روحه وجعل لكم السمع والأبصار والأفئدة}

في تلك البقعة التي يتجرد الظلام فيها من الخوف، ويتلامس فيها الواقع مع الخيال فتتلاشى الحدود بين ما هو مرئي وغير المرئي، في عالم ما بين الموت والحياة حيث لا خط فاصل بين العالم المادي وعالم الغيب ولا سلطة للوجود في حضور من غاب، ولا غيابًا لأحبة ننعم بلذة لقائهم في خيالات مشبعة بالأمل فتمتد جسورًا كالسفن تحملنا عبر الأزمان وتتخطى حيز المكان، تطل بنا على عالم آخر لا يخضع لقوانين المنطق ولا يقيد بإطار، كانت تتنقل بين أحلام اليقظة وأوجاع الواقع تترقب في كل ليلة طيفه، ساجدة على سجادة الشوق تتمنى لقاءه وتنظر إلى السماء فترى القمر يلهمها الصبر على الوجد، ولما يمل الصبر من أناتها، يأتي النسيم حاملًا رائحة الحبيب فتتنهدها بلهفة، وبهيئته الطينية كأنه خلق من تراب يزورها متناسيا أنه خلق جسدًا نورانيًا يثير نقاءه حسد الملائكة، يسألها عن حالها فتخبره بأنها تحلم، ويأمرها بالطيران فتحلق حوله وبصوت يختلط فيه الشوق بالألم تعاتبه: "سرقت قلبي وغبت عني، فبقيت أبحث عنك في كل مكان فلا أجدك إلا في أحلامي، فماذا بعد الفراق؟!"

لطيفًا كالغزال يجيبها: "إن الحياة قد نشأت قبل الحب العظيم الذي يجمعنا وستبقى بعده، فالحب رحلة والفراق محطة لا يتوقف عندها"، ويطمئنها: "وإنك أنت الحب الذي تجاوز حدود الحياة، حب لا يموت وذكرى لا تمحى"، وعلى

صفحات الروح تكتب قصتهما بأنامل الغيب بحروف من كتاب الكون، قصة أبدية نُسجت تفاصيلها بعناية القدر وتلونت بأحلام العاشقين.

وفي العالم المادي الذي تتجلى فيه الأحلام واقعًا بدأت قصة "نور" وحبيبها "فارس" الذي برز كنجم ساطع في عالم الإبداع، شاعر هو، فنان يهوى الأدب، يرسم العشق في لوحات فنية بكلماته فتفوح منها أجمل المعاني، فكان من تلك النخبة التي تمتلك قلمًا سحريًا ينبض كقلبه بالحب والشغف، قلمًا يجذب إليه القلوب والعقول. كانت كلماته تنساب كنهر عذب في حضرة الجميلات، يصول ويجول في أروقة الخيال، ويتغزل في الجمال، يكتب عن كل جميلة يراها فيجعلها أسطورة في قصائده، فتروي أشعاره ظمأ العاشقين، وتأسر قلوب المحبين.

أما (نور)، فكان يدرك جيدًا أنها ليست كأي امرأة، فكانت كقلعة حصينة تتحدى كل من يحاول اقتحام أسوارها، ولأنها ليست من النوع الذي يستسلم بسهولة لسحر الكلمات، بدا فارس يدغدغ قلبها كلاعب شطرنج محترف، بذكاء وحنكة اقتحم أسوار قلبها، في كل لقاء كان يحرك قطع الشطرنج الخاصة به بمهارة، كلماته جنود يتقدم بها بثبات نحو أعماقها، نظراته تخترق دفاعاتها وابتسامته تقفز كالحصان كل الحواجز التي وضعتها أمام مشاعرها، كان يفهم استراتيجياتها ويقرأ ما يدور بداخلها كمن يقرأ رقعة الشطرنج فيستبق خطواتها، يدرك متى يهاجم ومتى يتراجع، متى يفاجئها ومتى يمنحها أمانًا، وفي كل جولاته انتصر وفاز بقلبها ووقع هو أسيرًا في حبها، وعشقًا جارفًا جمعهما أدركا معه معنى الحياة ومعنى أن نحب فاعتزل بها عالم النساء، وعكف عن غزل الحسناوات، فأصبح راهبًا في محراب حبها الذي وجد فيه كل ما يصبو إليه قلبه

وتهوى إليه نفسه وتتمناه روحه، فلم تعد في الكون أنثى تثير شغفه أو تستفز مشاعره، فأصبحت أنا ملهمته الوحيدة، وإنها لأنا (نور) أكتب إليكم بعد عام من رحيلي عن عالم الأحياء، ورغم غيابي إلا أن روح زوجي الحبيب (فارس) ما زالت تتشابك بروحي فتجتذب نفسي إليه اجتذابًا، بقوة الحب الأبدي، فظلت روحي رفيقته في كل لحظة، تعيش وترصد تفاصيل يومه، لتصبح شاهدةً على قصتنا ولتنقل لكم حكايتنا، فروحي هي الراوية والبطلة وقلب القصة النابض.

منذ نشأت نشأتي الأولى، نشأة ما قبل أن أولد، وتتوق نفسي لروح تألفها ونفس تسكن إليها، حتى جاء توفيق القدر في لحظة مادية جمعت فيها روحينا وتجانست نبضات قلبينا وانسجمت طبائعنا، فنشأت بيننا أرقى وأنقى علاقة حب، حب يأبى أن يشعر به أصحاب المتعة العابرة. وكما التقت أرواحنا، قد منَّ علينا بارئنا أن اجتمعنا بأجسادنا المتعطشة هنا، في هذا المنزل الهانئ فعشنا أجمل لحظاتنا، وفيه بدأت حياتنا كحياة عاشقين جمعهما القادر الملك، وفرقتهما يد المنون.

وكأن المجهول كان لنا متربصًا مع كل لحظة هانئة، منتظرًا للساعة المناسبة ليمزق نسيج سعادتنا، وكنا قد تناسينا أن في عالمنا السعادة عابرة، فجاءني بغتة الزائر الذي لا مفر منه، زارني الموت الذي لا يفرق بين عاشقين ولا يرحم قلوبًا متيمة، ولأن الحب أقوى من الموت، عادت له (بوسي) تؤنس وحدته، بوسي القطة التي أسكن جسدها لأعيش في جوار حبيبي مستأنسة به ومستأنس هو بها.

عندما بدا يجلس مستقبلًا بارتياح نسمات المساء الرطبة في حديقة المنزل الغافية، سرت نحوه صامتة مرتبكة وبروح هائمة حلت في جسد قطة ضالة عائدة من سفر بعيد تائهة.

فاستقبلها بنظرته القريرة الهائئة التي يأتي هناؤها من الأعماق لإحساسه بها.

وبين يديه برفق حملها يحتضن جسدها النحيل كأنه يحتضن طفلًا مشردًا بلا مأوى.

وفي عناق صامت، تشابكت خيوط قدرهما من جديد.

تلاقت خيوط القدر، وبلغة سرية خاصة لا تتبع أبجدية واحدة، تواصلا؛ تلك اللغة التي تتحدث بها الطيور وأشعار الزهور وألحان النجوم، لغة الكون هي، تعرفونها؟ لغة القلب أقصد، التي يتحدث بها كل شيء ويفهمها العاشقون، وتحمل في طياتها أسرارًا يفهمها العارفون.

ونجحت بوسي أن تفتح قلبه وتسمع أنين الصمت بداخله فأصبحت ملاذه من الوحدة، الوحدة التي تملكت روحه رغم وجود الملايين حوله يرجون قربه ويتمنون وصاله إلا أنه كان يفتقد الوجوه الحقيقية للأشخاص في ظل عالمه المليء بالأقنعة، فكم من كلمة علقت بحنجرته لم يستطع البوح بها إلا لبوسي القطة المتيمة في لحظات من الصفاء والإيمان الحقيقي بلغتهما التي لا يفهمها إلا من يحمل في قلبه الإحساس.

ولا إحساس كإحساس (فارس) فأعماق قلبه أوتار ترتجف تعزف ألحانًا كونية تهتز بها أركان الوجود تستجيب لأصوات الكائنات التي تخفي كنوزًا من المشاعر الدقيقة، في كل مرة كانت تتحرك بوسي المتيمة على قدميه كان يشعر بلمسة

روحها وكأنها تعيد إليه حياة فقدها، وفي محاولاتها اليائسة للتشبث به كانت تتشابك أصابعه في فرائها الغزير الناعم، فكانت تموء له كأنها تطلب منه ألا يتركها وحيدة، تموء كأنها تناجي روحه عله يفهم أنها تشعر وتشاركه الحنين الذي لا ينتهي.

وكم من روح محبوسة الأنفاس في أعماقها تختفي الكلمات، كسجين مكبل في قيود نفسه التي تتوق إلى لحظة لتلتقي بروح قرينتها، تتوق لتلك اللحظة الأبدية التي تتولد فيها روابط عميقة بخيوط غير مرئية تربط بين القلوب والأرواح، فتنشد لحن الخلود مدندنةً: "يا روحًا في جسدي سكنت وأصبحت لي عمرًا مديدًا، كيف لي أن أحيا إن فارقتني وأصبحت في الدنيا وحيدًا، أفنيتُ عمري في الأمل، وبعد فناء الحياة... الأمل سيعيش بعدي."

<h1 style="text-align:center">"رسالة ممزقة."</h1>

{وَمَنْ قَتَلَهَا فَكَأَنَّمَا قَتَلَ النَّاسَ جَمِيعًا}

"أغمض عينيه ليُريحَهما من عناء التحديق في التعليقات التي انهالت عليه مهنئة بعد أن كتب منشورًا في صفحته الشخصية على فيسبوك يعلن فيه طرح آخر رواياته: (إعدام الملكة جين).

فتح عينيه باحثًا عن موضع لهاتفه، فوضعه على المنضدة المجاورة لسرير زوجته التي كانت تحمل ركامًا من الأوراق ولوحة ممزقة، وحينها فقط انتبه إلى أن زوجته مبدعة حقًا، حيث أجبرته ألوان اللوحة المتناغمة على جمع شتاتها، فلمعت عيناه ببريق عاطفي عندما أبصر تلك الفتاة التي تصلي عارية في غابة تحترق، فوقع في غرام تلك الفتاة، وهذا هو ما جعله يعدل عن فكرته بأن زوجته فارغة وتحاول إهدار أمواله ووقته في دمج الألوان ببعض الخطوط المتشابكة التي لا جدوى من رسمها، وحينها خطر على قلبه أن يكتب لزوجته، ليصل حبل الود الذي قُطع، وليُحسب من الداعمين لها؛ ولأن الكتابة هي مهنته التي يتكسّب بها، تراه لا يجيد حلو الكلام إلا على الورق، فقرر أن يدغدغ مشاعرها باستخدام تقنياته السردية المتقنة واستراتيجياته الحجاجية المنظمة، فبدأ برسالة قصيرة يقول: "زوجتي حبيبتي وقرة عيني."

ثم استطرد قائلًا: "آسف يا ملاكي، لقد وقعت في الحب وأرجو أن تغفري لي؛ لأنك أنت السبب، أنت من ألقيت بتلك الفتاة أمام قلبي، فدون أن أشعر وقعت

38

في غرامها، فإن كان لديك من الوقت متسع فاسمحي لي أن أحكي لك في ساعات فراغي القاتلة عن هذا الانجذاب الجارف الذي اجتاح قلبي حين أبصرتها، حين رأيت تلك الفتاة، تذكرت فتاة أخرى كنت قد أحببتها منذ عشر سنوات، فتاة ذات بسمة حلوة بريئة وساحرة، تعكس جمالها الفتان الذي امتلكني حين قابلتها، فتاة بصوت قوي تمتزج فيه القوة بالرقة المفرطة، فهفت نفسي إلى ما لم أجده في أي امرأة قبلها قد أبصرتها، فانجذبت لها منذ عرفتها، وحينها عاهدت نفسي ألا أذوق للنوم لذة إلا في جوارها، وأذهلني هذا الحظ السعيد الذي لم أكن أتوقعه: قبولها أن أكون حبيبها، ثم زوجها!

ذكرتني بتلك الفتاة المدللة التي عاشت في بيتي المتواضع، فطربت وانتشت وملأت البيت الخانق كالسجن فرحًا وسعادة، حتى أنه أصبح من فرط مرحها جنة على الأرض ودبت فيه الحياة، وفي قلبي أيضًا، فبدأت أشعر بأشياء لم أكن أعلم بأنها موجودة بداخلي، استطاعت بجمال روحها وأنيق كلامها وحسن إقبالها أن توقظ مضغة كامنة في صدري جعلتني أدرك بأن لي قلبًا يحيا بالحب، ولست أنا فقط من وقعت أثيرًا لجمال قلبها وروحها، فكل من يقابلها تستطيع أن تخطف قلبه بمرحها البريء وكلامها الرقيق، وحسن ملاطفاتها، فما تحدثت مع أحد قط إلا وشرعت تجامله وتلاطفه، فاستطاعت كالمغناطيس أن تجتذب النساء والرجال، الكبار والصغار، الجميع، الجميع أحبها، وجميع من حولها، وكلٌّ يخبرها بأنه يحبها، وكلما أخبرها أحد بحبه لها تنظر إليّ وكأنها طفلة تنتظر حضن أمها لتخبرها أنها أيضًا تحبها، وكلما كدت أكشف لها في حذر عن عواطفي، وجدتها كالزهرة الربيعية قد أينعت وتفتحت، وكلما أينعت وتفتحت

ازدادت جمالًا يربكني ويفقدني صوابي؛ جمالًا يجعل الدنيا تضيق بعيني، فغشيني جمالها وإشراقها بكآبة مستعصية ولازمني يأس وكمد، وبرغم همي الذي يزداد بحسنها الخلاب، كنت أحارب الكون من أجلها، أعمل ليل نهار لتوفير سُبل الحياة لراحتها، أصبحت لا أطيق ضحكاتها وإطراءاتها للغريب والقريب، أعلم أن غيرتي لم تكن عادية، ولكنها كالنار تلتهم أحشائي وتنهش قلبي، فجمالها لم يكن فاتنًا فحسب، بل كان ممزوجًا برقيها وأخلاقها النبيلة، ما جعلها جوهرة يتهافت عليها الجميع، كنت أحبها حبًا عميقًا، لكن سرعان ما تحول هذا الحب إلى خوف أعمق من فقدانها، خوف نابع من إدراكي لعجزي عن مجاراة مكانتها الاجتماعية وهي الجميلة الراقية ابنة الحسب والنسب؛ أما أنا فأعتمد على كد يدي في بناء حياتي ومكانتي، كنت أعلم أن حبها لي صادقًا خالصًا وأنها لم تهتم يومًا بمكانتي الاجتماعية، لكني خشيت أن تتغير مع الوقت وأن إشراقتها وجمالها قد يغرانها؛ لذا فكانت أفعالي معها ناتج نقص حاد شعرت به نفسي؛ فوجدت نفسي أفكر في طرق لإضعاف ثقتها بنفسها، ظنًا مني أن ذلك يجعلها تتمسك بي أكثر، فكنت أقلل من شأن إنجازاتها، وأنكر عليها ذكاءها، وأحاول إظهار نفسي كأني أفضل منها في كل شيء، وبنيت مكانتي الاجتماعية التي وصلت لها بفضلها ولأجل عينها، ولكن بعد أن تبدلت أحوالها؛ فعيناها اللتان جفتا من البكاء أصبحتا تنضحان بالحزن العميق، ونور وجهها الوضاء أصبح كآبة مضنية.

أعلم أن سلوكي كان مدمرًا، وهو الذي آلم قلبها، وهو الذي باعد بين روحينا، وهو الذي حول حبنا من نبع للسعادة إلى مصدر للألم والمعاناة، ولكنني أفتقد

الآن نظراتها وسعادتها وروحها، أفتقد حقًا حبها؛ لذلك أكتب لكِ عزيزتي لأعترف لكِ بأخطائي السابقة، وأعترف لكِ بأنني عشقت الفتاة في لوحتك الممزقة؛ لأنها جميلة ورقيقة كرقتك التي أسرت قلبي حين عرفتكِ؛ ولأنها حزينة ويائسة كحزن قلبك ويأس روحك الذي أشفى قلبي من غيرته، ولكنه أفقدني سعادتي."

ثم وقع أدنى رسالته: "زوجك المحب للأبد".

وبعد أن راجع رسالته، صدمه أنه قد سكب قلبه لزوجته على تلك الورقة البيضاء المغرية، فتملكه الخوف من رد فعلها، فقد تستخدم اعترافاته ضده وتفضحه أمام الأصدقاء والعائلة، وربما استغلت اعترافاته لتلقي عليه اتهاماتها في المشاجرات المقبلة، فارتجفت يداه التي تحمل رسالته ولم يستطع تحمل فكرة أن يستخدم اعترافه الطاهر لإدانته، وبسرعة البرق وبدون تردد، مزق رسالته أشلاء صغيرة ووضعها بجوار لوحة زوجته المرممة بعناية، واكتفى بجلب الأوراق والألوان لها، لكنه وجدها قد انصرفت عن الرسم والفنون بأنواعها، وقررت أن تعتني بتشذيب أشجار حديقة المنزل التي رسمتها يد الطبيعة بألوان زاهية، تتراقص الأزهار فيها على أنغام العصافير وتتمايل الأعشاب فيها مع نسائم الصباح العليل، ولكن رياح الإهمال هبت عليها؛ فغيبت بريقها وذبلت ألوانها، ولم يتبق منها سوى أغصان الأشجار العارية، تمد أذرعها نحو السماء كأنها تستجدي رحمة من غيوم عابرة، تروي أوراقها المتساقطة المتناثرة، كأنها دموع حزينة، قصة إهمال قاسية، فراحت الزوجة تعتني بالحديقة التي أصبحت أشبه بظل لذاتها السابقة لتتذكر كل من مر بها بجمال ضاع وحيوية انطفأت."

"رجل وأشتهي النساء."

﴿إِنَّا خَلَقْنَاكُم مِّن ذَكَرٍ وَأُنثَىٰ﴾

لطالما عانيت مشاعر غريبة بداخلي تشعرني بالاختلاف، وتتناقض مع ما أقره مجتمعي، وكأن سرًا خفيًا يختبئ بداخلي، ونمت مشاعري وكبرت عبر السنين حتى أصبحت هاجسًا يطاردني، وداءً أبحث له عن شفاء، فلم أجد ملاذًا سوى العلم؛ لفك طلاسم جيناتي المعادية للطبيعة.

اتجهت بخطى واثقة صوب مجتمعي الجديد (جامعتي العريقة)، وشعور بالفخر يغمرني؛ أن أنتمي لمعقل عظيم يشع بالمعرفة، ويملؤني الأمل في صرح عتيق ملهمة جدرانه وأروقته، مؤمنًا بأن في طيات الهندسة الوراثية وعلم الجينات ضوءًا سيبدد ظلام روحي ويحرر قلبي النابض سرًا، انغمست في دراستي منقبًا في أسرار الجينات، وقضيت أيامًا وليالي في المختبرات تحيط بي أجهزتها المعقدة وأنابيب الاختبارات، أجرب وأخطئ، وكالباحث عن كنز مفقود أجرب مرة أخرى، مدفوعًا برغبة ملحة لفهم ما أعانيه، حتى أدركت أن سر ما أشعر به لم يكن دفينًا بين طيات جيناتي البريئة التي ألصقت بها تهمة أنها سبب انحرافاتي طوال حياتي.

لقد أزال العلم عني غشاوة أوهام تعلقت بها النفس لتنال قبولًا في المجتمع، وأشهد بعد التحقق والبحث ألا جينًا يعرف للشذوذ، وأن الجسد بريء من العيب، والدماغ تنزه عن اللوم فلا مكان فيه لما دنس مشاعري، ولكن ما زالت مشاعري تؤرقني، وما زال مجتمعي يرتدي عدسة الطبيعة للحكم على الأشياء والأشخاص.

تسلل إلى روحي هدوء ثقيل، معلنًا بداية رحلة معرفية جديدة، فأقسمت لقلبي المظلم أن أفهم أصل مشاعر سوداء تعتمه، وأن أدخل النور إلى نوافذه الكئيبة المغلقة؛ لذلك سأقرأ وأقرأ وأتعلم، حتى يهدأ القلب فلا يتألم، نحو آفاق جديدة وجهت عقلي وقلبي ونظري، متوغلًا بحور المعرفة، فوجدت ملاذًا في المواقع الإلكترونية وصفحات الكتب التي تتعمق في دهاليز النفس المعقدة. بدأت بمطالعة التقارير التي تنشرها الجمعية الأمريكية للطب النفسي، وقد أدهشني وأسعدني أنها أزالت "الشذوذ الجنسي" من قائمة الأمراض العقلية بحيث لا يحتوي على أي نوع من الخلل العقلي، ووصفت المرض بأنه "اتجاه سلوكي" وتلذذ شهواني بطرق غير تقليدية، فنبض السعادة الخافت يتسللني لشعوري أني على طريق الصواب، فشعرت بالسعادة اليائسة.

أما اليأس فهو رفيق رحلتي في طريق الهلاك، أنتظر عذاب الرب ينزله عليّ كما أنزله على سدوم وعمورة، بالرغم من أني لم ولن أمارس الفحشاء، ولكن لا أخفيكم سرًا، كنت أهرب من واقعي بقراءة قصص الشواذ التي أدمنتها ولم أستطع الفكاك من سحرها، وأيضًا قصص الخيانة الزوجية، وبين طيات السطور وجدت نفسي أغرق في بحر من المتعة مسلوبًا فؤادي نحو نفسية الأنثى، نحو ذلك العالم من العشق والانجذاب والغواية، أدركت بعد حين من قراءتي لعلم النفس أني أعيش نفسية الأنثى، متخيلًا نفسي معشوقة الرجال الجذابة ومحط أنظارهم وقلوبهم، والقادرة على سلب عقولهم، فكان هذا أول ما قادني لاكتشاف نفسي وأن أفهم ذلك الجانب الخفي من شخصيتي.

منذ طفولتي وأنا أشعر بالرفض من عالم الرجولة بكل ما فيه، فلم أجد القبول بين أقراني، ربما لأن تفوقي الدراسي وضعني في دائرة مختلفة نسبيًا، ولم أجد القبول حتى في أسرتي، في ظل قسوة الأب وجدت نفسي متعطشًا لحب الرجال، وكانت طريقتي الوحيدة لكسب محبة الرجل هي السماح لابن جارنا الأكبر مني سنًا بالتعدي على مساحتي الشخصية وانتهاك طفولتي، اعتقادًا بأن هذا هو الحب.

بعد أن تركنا منزلنا وسافرنا للاستقرار في بلد آخر، كان عطشي للحب يزداد يومًا بعد يوم، لأجد نفسي في دوامة من المشاعر المتناقضة بين البحث عن القبول وبين الشعور بالرفض والوحدة. وفي ليالي الوحدة القاتلة، وجدت نفسي أطرق أبوابًا لم أجرؤ الاقتراب منها من قبل؛ فلما كنت أبحث عن الحب في أحضان أولاد الشوارع والبلطجية، وحتى في ملامح الزنوج الواثقة، أدركت أن صراعي الداخلي هو نقصان في الرجولة كامن في أعماقي تحول إلى انجذاب جنسي، وهنا أدركت أن حب الرجال يمكن أن يكون بدون جنس، لأن ما أشعر به ليس غريزة أو فطرة، وإنما انجذاب للقوة والرجولة التي افتقدتها في حياتي. بالتدريب وبمساعدة بعض مواقع العلاج النفسي التي تحفظ للمريض خصوصيته، استطعت التوقف عن تحويل محاولتي للتنافس في الرجولة إلى خيالات جنسية، وتوجيه مشاعري نحو الجانب الأنثوي. وفي محاولة يائسة لجأت لمشاهدة الأفلام العربية القديمة، وقرأت الروايات الرومانسية اللزجة التي لم أكن أطيق حتى أن أقرأ سطرًا فيها، لا أنكر أني أحببت القراءة والأدب وأحببت الحب، الحب الذي يشبه سجنًا فسيحًا أو قصرًا من ذهب وأسواره وأسواره نار، اشتقت

لذاك الشعور بالشوق الذي يملؤني بالحنين، للألم الذي يترك ندوبًا على أسوار قلبي، حتى إني أشتاق للفراق الذي يخلف وراءه فراغًا لا يملؤه إلا الحب. اشتقت لداء الحب، ذاك المرض الجميل الذي لا شفاء منه، ولعاطفته التي تغمر كياني، ولنبضاته العميقة التي تحرك الكون، ولوهجه كشعلة أبدية تضيء ظلمات الروح، ولنشوته كرحلة مذهلة لا نهاية لها، واشتقت أن أمارسه كفارس في ساحة حرب لا تهدأ إلا بصرخة محبوبتي من فرط نشوتها.

ولما قضى الأدب مني وترًا اتجهت لما كنت أهرب منه، فانغمست في مشاهدة الأفلام الإباحية، والحق أنها ساعدتني كثيرًا في إشباع فضولي الجسدي وفضولي نحو العالم الآخر، ولكني سرعان ما أقلعت عنها. أعلم أنه بالرغم من منافعها وقدرتها على منحي شيئًا أحتاجه، إلا أن إثمها أكبر، فتحررت من سحر إغوائها بأن ملأت وقتي فلم يجد الفراغ لي مدخلًا، وقضيت معظم أوقاتي في مكتبة الجامعة.

لم تكن المكتبة مجرد مكان أقرأ فيه لقتل أوقات فراغي، وإن كانت تبدو هكذا في بادئ الأمر، حتى تحولت لجنة الله على الأرض، كنت أشعر أني (آدم) وقد خلق الله لي حواء لتؤنس وحشتي. حين تحدثت في هذا الملاذ السماوي، جميلة تشبه البدر في إشراقه، لما رأت بيدي رواية "أعلنت عليك الحب" سألتني إن كنت قد أنهيتها. لفظت آخر جملة وقعت عيني عليها في الرواية "فأتنهدك، أتنهدك أيها الغريب" وتركت الرواية لها، وكطائر محبوس في قفص يرفرف بأجنحته محاولًا الهروب، كان قلبي نابضًا.

مع مرور الوقت، تحولت محادثاتنا العرضية إلى صداقة عميقة، كنت أشعر بانجذاب خفي نحو عالمها، وكأن اتصالًا غير ملموس يجمعنا، فسرعان ما أصبحنا مقربين نتشارك شغف القراءة واهتمامات أخرى، بدأ يصارع قلبي ارتباكًا يؤرقني، ومشاعر جديدة ناشئة عليّ أن أواجهها، تلك المشاعر التي أكدت لي أني رجل وأشتهي النساء. فبدأنا معًا فصلًا جديدًا من حياة يملؤها السلام في قصرنا الذهبي متعاهدين ألا نكتوي بنيران أسواره.

«أحم... أعتذر عن استخدام كلمة الشذوذ وأعلم أنه تم تجريمها، ولكنها زلة لغوية لسانية، فاغفروا لي ذلاتي العفوية.»

"رفاقًا عابري سبيل."

{إِنَّ أَكْرَمَكُمْ عِندَ اللَّهِ أَتْقَاكُمْ}

كانت تبتسم للطفل الجالس في الصف المقابل لها، وتمده ببعض الحلوى والألعاب الصغيرة من حقيبتها، وكانت تساعد العجوز الذي يكافح لفتح حقيبته وتغدقه أرق الكلمات والدعوات، وكانت تتحدث مع الركاب من حولها بلطف وتضحك بعذوبة، وكأنها تنثر السكر على جراح العالم.

أما هو، فكان يساعد المضيفة الحسناء في ترتيب الأمتعة، ولأنها ليست رحلته الأولى على متن طائرة؛ أصبح خبيرًا وناصحًا أمينًا يقدم النصائح للمسافر القلق بجواره، ويغلق حزام الأمان لطفل نحيل ضعيف اليدين، ويشارك الرجال من حوله في حديث عن الوجهات والأحلام.

لكن عندما يلتفتان إلى بعضهما، تتبدل الأدوار وتتحول الابتسامات إلى نظرات جافة، كان هناك حاجز من الصمت يفصل بينهما، وكأن كلمة واحدة قد تكون الشرارة التي تشعل النيران المكبوتة.

في الساعات الأولى من الرحلة، كانت الأمور تبدو طبيعية للعيان، وبمرور الوقت بدأ الركاب يلاحظون التناقض الغريب بين الزوجين، كانا يتبادلان الكتب والوجبات ببرود، ويتجنبان الحديث المباشر.

وفي لحظة مفاجئة، عندما اهتزت الطائرة بسبب مطب هوائي، تشابكت أيديهما دون قصد، نظرا إلى بعضهما بدهشة، وللحظة بدا كأن الجدار الجليدي بينهما

قد بدأ يذوب، لكن سرعان ما انسحب كل منهما إلى عالمه، مخفيًا الدفء الذي شعر به.

كانت الرحلة تقترب من نهايتها، فأغمضت هي عينيها متكئة على مقعدها، وبدأ صوت قلبها يردد بداخلها: "رحلتنا مهما طالت قصيرة، فما هي إلا لمحة في عيني الدهر، وظل عابر على صفحة الزمن. ندرك ذلك؛ نحن رفاق السفر، ونعلم أننا سنفترق عاجلًا أم آجلًا، كل ذاهب إلى دربه، كل سائر نحو مصيره".

ومع اقتراب الهبوط، تبادل الزوجان نظرات معقدة، مزيج من الحنين والأسف، ولما فُتح للطائرة باب آذن بالرحيل، خرجا معًا، متجاهلين الفجوة التي كانت تفصل بينهما طوال الرحلة، كل منهما يحمل حقيبة سفره، مليئة بأحلامه وآماله وآلامه، وكل منهما يسير نحو وجهته المجهولة.

والقصة التي لم تُروَ بعد هي الأكثر إثارة للفضول، قصة مخبأة في السماء التي شهدت على رحلتهما، أو ربما في القلوب التي تعلم كيف تحب وتغفر، حتى وإن كانت تخفي ذلك خلف جدار من الجليد.

"إكسير الأمومة."

{حَمَلَتْهُ أُمُّهُ وَهْنًا عَلَىٰ وَهْنٍ}

لم تكن هديتي لأمي في عيد الأم منذ الصغر إلا إيمانًا بغرس بذور الأمل، أقنعني أبي أن العطاء يولد العطاء، فكنت حريصة على إهداء أمي كل عام، مؤمنة بأن أبنائي سيفعلون المثل معي يومًا ما. فقررت حينها ألا أقتسم المبلغ الذي يعطيني إياه أبي لشراء هدية أمي مرة أخرى، وبمعادلة بسيطة وجدت أنه خير من اقتسام الأموال، ادخارها في هدايا ستعود لي مستقبلًا من أبناء بارين؛ كما أنا مع أمي، ولو بدا أن بري لها برًا براجماتيًا.

والصدق أن حلم الأمومة الذي ملأ القلب منذ الصغر لم يكن فقط لغريزة خلقها الله في قلبي، ولا كنت لأتحمل كل الألم والمعاناة التي عانيتها عندما زرعت بالأحشاء أول نطفة نمت وتشكلت كائنًا يعيش بجوار قلب ينغزه، ومعدة تؤلمها، وعظام يكسرها؛ إلا أملًا في يوم تُرد فيه الهدايا.

أتذكر يوم ذهبت لأضع مولودتي الأولى... نظرات الطبيب المتعجب من ضحكاتي وقهقهاتي حتى أثناء غرسه في عمود ظهري (الفقري) حقنة كالكهرباء سرت في جسدي، وحين شق بطني وأخرج أحشاءها، كان يظنني أضحك يومها، بصوتي العالي الرنان من فرط سعادتي بأمومتي، وتأكدت لديه فكرته عندما وجدني أضم الفتاة التي أشبهت البدر حين اكتمل وأشم رائحتها، بتنهيدة كالذي عثر على إكسير للحياة مخلدًا. صحيح أني كنت سعيدة بها وهز كياني وملأ

قلبي حبها، ولكن ما خفق القلب هكذا إلا لاقتراب ما كان به حالمًا (هديتي وورقة مكتوب بها: أحبك أمي وبعض كلمات الشكر على سبيل التقدير أو التطبيل).

وبعدما مرت أيام العمر مودعة، وسافر الزوج المغترب، وجدت نفسي مجبرة أن ألعب دورين في قصتي: دور الأم المربية، ودور الأب المسؤول الموجه الذي يرتعد البيت لكلمته الآمرة الناهية. تحملت مسؤولية لم أكن يومًا أطيقها، فقمعت النفس عن جزع ملؤها، وصبرتها بيوم الهدية الموعود. وبعدما كتب الله على ابنتي أن تصبح أختًا لولد من جنس الرجال، حنونًا كريمًا وللهداية مراعيًا ومؤديًا، رقص القلب لما رآه من مستقبل مشرق تملؤه الهدايا والتكريمات و(ست الحبايب يا حبيبة).

واليوم، وبعد أن ادخرت ابنتي (بعناء) من الجنيهات عشرة، قررت أن تشتري لي بها هدية. وعلى قلتهم، وبرغم من أنها لم تدخرهم أصلًا، وإنما أخذتهم من حقيبتي الوردية تحت بند سلفة للهدية، إلا أنني كدت أن أطير فرحًا لكوني أصبحت (ست الحبايب). وتذكرت ما كان يفعله أبي بجعله من يوم عيد الأم يومًا مقدسًا، نشتري لأمي الهدايا والتورتة ونكتب أرق التعبيرات والكلمات على الورقة الحمراء ذات القلب البارز اللامع... فمن كان يعطينا الأموال دومًا هو أبي، فلا مانع من أن أعطي فتاتي الحسناء سلفة بدوري كأب لتشتري لي هدية بوصفي أمًا.

ولأن ابنتي لم تقتنع يومًا بأنني أقوم بدور الأب بجدارة، تواصلت مع أب لها غائب عن عينها ولكنه في قلبها حاضر، وترى فيه دومًا ناصحًا ومرشدًا ومعينًا،

فسألته ماذا يجب أن تشتري لأمها في عيدها؟ فأجابها بإجابة كانت لقلبها شافية: "يا بنيتي، إن عيد الأم في الدين بدعة، لا تهتمي لما أورده الكفار في مجتمعنا". فتهللت أساريرها وكالقطار أسرعت تشتري لنفسها الحلوى بأموالي، بجنيهاتي العشرة الباكية التي تئن لخروجها من حقيبتي الوردية لتتشرد بين أدراج البقالة الخشبية وأيدي الزبائن الثرية.

وحينما حادثني زوجي الكريم الذي لم تفوته يومًا أصيلة من أصولنا ولا عادة من عاداتنا أمرني أن أشتري لأمي هدية لعيد الأم وأذهب للاحتفال بها. بقلب نفعي ومكلوم، وجدتني أغبط أمي لكونها زوجة لرجل فرض على الغريب حتى تكريمها. رحمك الله يا أبي، فقد توجت أمي ملكة تغبطها النساء وبنتها.

"قاربه التيه."

{كَمَثَلِ غَيْثٍ أَعْجَبَ الْكُفَّارَ نَبَاتُهُ ثُمَّ يَهِيجُ فَتَرَاهُ مُصْفَرًّا ثُمَّ يَكُونُ حُطَامًاۖ وَفِي الْآخِرَةِ عَذَابٌ شَدِيدٌ وَمَغْفِرَةٌ مِّنَ اللهِ وَرِضْوَانٌ}

كان البحر هادئًا ذلك المساء، وكأن أمواجه اللطيفة تحتضن قاربًا صغيرًا، يبدو تائهًا، داخله يجلس رجل في منتصف العمر، تعكس ملامحه الحزينة صراعًا داخليًا عميقًا، ينظر شاردًا نحو الأفق، حيث تلتقي المياه الزرقاء بالسماء الذهبية للغروب، مُشكلةً لوحة طبيعية ساحرة ضاع جمالها في عينيه.

أخرج الرجل من جيبه دفتر مذكرات صغيرًا، بدا قديمًا مستهلكًا، يحمل بين طياته حكايات الأمس، فتحه على صفحة عشوائية، كأن يد القدر تقوده نحو لحظة فارقة، غاصت عيناه في الكلمات المكتوبة بخط يده وبدأ يقرأ بصوت خافت: "حققت حلمي أخيرًا في امتلاك بيت يملاه دفء العائلة، سعادتي لن تكتمل إلا بشراء سيارة تُعفيني وأبنائي عناء زحام الطرقات"، فكان يظن آنذاك أن السعادة تكمن في الماديات.

يتنهد "آدم" بحزن عميق ويغلق دفتره، ارتسمت ابتسامة حزينة على شفتيه، وتذكر مشاعر الأمل التي غمرته حين كتب تلك الكلمات، تذكر شعورًا بالفراغ ظل يطارده، شعورًا بأن شيئًا ما ينقصه، تذكر أيضًا مشقة الطريق الطويل والتضحيات التي لا حصر لها.

كان الرجل من قبل فنانًا؛ وجد ذات يوم جمالًا في الأشياء البسيطة: في رقصة أشعة الشمس عبر الأوراق، وفي تناغم الألوان في لوحة، وفي الموسيقى التي تعزفها الرياح أثناء مرورها عبر الأشجار. ولكن بمرور الوقت، شعر "آدم" أن المجتمع من حوله فقد تقديره لتلك الجماليات، وأصبح الفن مجرد سلعة يتم تقديرها من حيث قيمتها النقدية دون النظر لتأثيرها على الروح.

وبعد أن غرق في دوامة من الشك في قيمة عمله والغرض منه، تركه ودخل سباقًا لامتلاك أكبر عدد من الأشياء، فلا داعي للفن أن يخلق في عالم أصبحت الحياة فيه سباقًا نحو القمة، والوصول للقمة ممكن بقدر ما امتلكت من أشياء.

وبينما هو غارق في أفكاره، لاحظ شيئًا غريبًا؛ لقد انجرف قاربه إلى منطقة في البحر حيث تلتقي التيارات المتناقضة، مما تسبب في اضطراب المحيط الهادئ، بدأ القارب يتأرجح بعنف مع الأمواج، ونبضات قلبه تتسارع وتنهمر قطرات العرق على جبينه المتجعد، شعر بفراغ عميق يملؤه وفوضى تعصف به، بينما يحاول جاهدًا أن يسيطر على القارب.

وفي لحظة من الوضوح، أدرك "آدم" أن قاربه لم يكن لديه شراع، وعلى الرغم من الاضطراب، انجذب لضوء خافت يلمع تحت الماء، فدفعه الفضول إلى الغوص في الأعماق لاستكشاف مصدره، غاص في أعماق البحر، تاركًا وراءه شعوره بالفراغ، كانت الأشعة الخفيفة تنبعث من كائن هلامي يلمع بلطف، يبدو كأنه يحمل سرًا قديمًا.

اقترب "آدم" بحذر، وبدأ شعور بالسكينة يغمره وهدأت روحه المضطربة، أحس "آدم" برابط عميق مع الكون بينما كان يطفو فوق الكائن الهلامي، وبصعوده إلى السطح، وجد السلام في داخله، عاد إلى الشاطئ فرأى البحر هادئًا مرة أخرى، والشمس تغرب في الأفق، بدا الأمر وكأن السماء والبحر أصبحا واحدًا، في تناغم تام.

الفهرس